54字の物語 1

氏田雄介　作
武田侑大　絵

PHP
文芸文庫

○本表紙デザイン＋ロゴ＝川上成夫

情報に溢れた現代。わずかな時間でも楽しめるように、一話を縦九マス横六行の五十四字で綴る新しい文学が誕生した。

はじめに

「54字の物語」は、９×６マスの正方形の原稿用紙を使った、１話が54字ぴったりで終わる超短編小説です。

基本のルールは、２つ。

① 文字数は54字ぴったりに収める
② 句読点やカギ括弧にも１マス使う（「！」「？」の後でも１マス空けない）

ひとつの物語を読んだ後で「どういうお話なのか」「この後どうなったのか」など想像してみましょう。巻末にはちょっとした解説も掲載していますが、物語の解釈は自由です。

お気に入りの物語が見つかったら、今度は自分で「54字の物語」を作ってみましょう。作り方のテクニックも収録しているので、ぜひ挑戦してみてください。

目次

先日研究室に送ってくれた大きなエビ、おいしかったよ。話は変わるが、例の新種生命体のサンプルはいつ届くのかね？

S.P.

海外旅行の大事な場面で、パパがくれた辞書に何度も助けられたよ。でもトイレに紙がない国にはもう行きたくないな。

「ただいま」と言えば「お帰りなさい」と返ってくる新生活が始まった。家賃も安いし、こんな一人暮らしも悪くない。

煙草をくわえて歩く男に銃の狙いを定める。街の平和を守るために引き金を引いた。飛び出した水が煙草の火を消した。

21　平和なスナイパー

この薬は安全だ！反対のことしか言えなくなる副作用なんてない！俺はまだ飲んでいないが、君は飲んだほうがいいぞ！

23　クスリのリスク

ここだけの話だ。絶対に誰にも漏らすんじゃないぞ。俺の知り合いの妹が、友だちの友だちから聞いた話らしいんだが。

25　ここだけの話

「一緒にゴールしようね！」八十年前にマラソン大会で交わした約束、二度も破るなんてね。私は墓前で手を合わせた。

売り上げを伸ばすためには回転率を上げろ。店長にアドバイスをした翌日、その店では寿司が猛スピードで回っていた。

29　寿司の回転率

「おい！スープに虫が入ってるぞ」一か月後、学会で発表された新種の昆虫にはクレームを入れた男の名がついていた。

三秒だけ時間を戻せ
る薬ができたぞ！三
秒だけ時間を戻せる
薬ができたぞ！三秒
だけ時間を戻せる薬
ができたぞ！三秒だ

君の手が私に触れた瞬間から、君を追いかけずにはいられなかった。君に触れて伝えたい。「タッチ！また君が鬼だよ」

その少年の腕時計はいつも止まっていた。見かねた時計職人がこっそり修理すると少年の顔はたちまちシワで覆われた。

「布団がふっとんだ」「布団がなくて寒い思いをしている方々に配慮をするべきではないでしょうか？謝ってください」

金星で原住民に捕らえられた調査隊一行は、翌朝には解放されると聞き安堵の表情を浮かべた。夜明けまであと千時間。

他人の意見に耳を傾けられないようなヤツはダメ人間だ。誰が何と言おうとこれは間違いない事実だ。異論は認めない。

43　異論は認めない

「キーンコーンカー
ンコーン」「今日の
チャイムの音、ちょ
っと変じゃない？」
「校長先生、風邪ひ
いてるらしいんだ」

一錠服用するだけでずっと透明人間でいられます。過去十年間、日本国内だけでも百万錠以上売れている定番商品です。

未開の星に高度なテクノロジーが伝来した。今までの馬車に代わり、本物そっくりの精巧な馬型ロボットが開発された。

誰よりも速くゴールに辿り着けるという噂のシューズを履いたその陸上選手は、崖をめがけて脇目も振らず走り出した。

二月十四日、片思いの女性にチョコレートを手渡しでもらった。彼女は言った。「またのご来店をお待ちしております」

¥2140

登校時と下校時でカバンの重さは変わらなかった。今日は好きな人ができて初めてのバレンタインデーだったのになあ。

55　渡せない人と貰えない人

へぇ、キミ戌年生まれなんだ。偶然だね、僕もだよ。えっ、キミも？キミたちも!?五年二組は奇跡みたいなクラスだね。

犬
5-2

数分間の格闘の末、彼が釣り上げたのは小さなゴム片だった。世界中の海面が少しずつ下がり始めたのはこの日からだ。

「ねぇ、神様にどんなことをお願いしたの？」「隣の子の願い事が叶いますようにってお願いしたのよ」「私も同じよ」

この森には全てを破壊する怪物が出るという噂があった。先日政府が樹木を全て切って調べたが何もいなかったそうだ。

どっちがどっちの県かよくわからなくなるが、砂丘があるのが鳥取県で、出雲大社があるのが島根県だと覚えておこう。

鳥
?
取
根
島

忘れっぽい症状を治すために、この薬を毎日一錠服用してください。一日でも忘れると効き目はなくなるのでご注意を。

のめ
おぼえておけ
忘れるな
ぜったいに忘れるな

「お前、オナラした？」濡れ衣を着せられ慌てる僕の気持ちをエレベーターが代弁してくれた。「ごかいでございます」

5

手術を一カ月後に控えた私は世界一の名医の宣告に絶望した。

「大変申し上げにくいのですが、私はあと十日の命です」

「船乗りが泳げなくてどうする！」プールサイドから船長が怒鳴りつける。「もしも難破したら誰が俺を助けるんだ！」

詐欺に騙されないテクニックが身につくというセミナー。受講料の数十万円を先に支払ったが、まだ案内状が届かない。

100,000

「もしもし？オレオレ。ちょっとお金が必要になったから振り込んでくれないかな？今どこにいる？」

「あなたの後ろ」

「くそ！逃げられた
か！」「いえ、あの
方は何も次らなかっ
たわ」「いや、奴は
とんでもないものを
次んでいきました」

工場で働くロボットを監視して仕事ぶりをチェックする仕事を始めた。最近どうも誰かに見られているような気がする。

「そうそうこれが食べたかったんだ」豚肉と卵を盗んだ男は、取調室で出されたカツ丼を目の前にしてニヤリと笑った。

助けてもらったツルを装った不審な訪問者にご注意ください。家宅に侵入し家財を盗む新手のサギの可能性があります。

「大量の札束に囲まれて暮らしたい」突然現れた悪魔に願った男は、数年後巨大な金庫の中で白骨となって発見された。

昼は平凡な会社員で、夜は街を守る正義のヒーロー。ヒーローだけで生計を立てるにはもっと名前を売っていかないと。

「愛」は小学校で教えてもらえるが「恋」は教えてもらえないらしい。漢字ドリルを眺めながらそんなことに気付いた。

ドリル
漢

本当にこんな惑星に生命体が存在するのだろうか？一年間に及ぶ実地調査の最終日、幸いなことに私はうんこを踏んだ。

「今までにない斬新なアイデアを出してくれ」と言われて提案した企画が却下された。「前例がないから何とも言えん」

95　斬新と前例

「お客様の中にお医者様はいらっしゃいますか？」胸を押さえてうずくまっていた男が最後の力を振り絞り手を挙げた。

このひどい国から逃げ出すため国境の壁を壊すと、向こう側から歓声が聞こえた。

「これでこの国から逃げられるぞ！」

コラッ！そこにポス
ターを貼っちゃダメ
だ！ちゃんとそこの
貼り紙を読みなさい
。「貼り紙禁止」と
書いてあるだろう？

貼り紙禁止

「あの葉っぱが落ちたら私は死ぬの」病室の窓から外を見つめる彼女の目の前には青々とした広大な森が広がっていた。

不老不死の薬はいかがですか？今ならお安くしておきますよ。なお、三歳以上の方には効きませんのでご了承ください。

充電が切れそうなんです！コンセントはありませんか？私はカフェに駆け込み、腹部ユニットからコードを取り出した。

「先生、月曜は『つき』、火曜は『ひ』、水曜は『みず』だよね？木曜の『木』って何？」「一千万年前の地球にはね」

「汚れちゃった青いボールはもう捨てて、この輪っかのついたボールで遊びなさい！」惑星で遊ぶ我が子を母が叱った。

あぁ、きっと俺がやったんだな。自分の両手についた真っ赤な血を見て、僕は思った。後片付けをするのはいつも僕だ。

呪いの子は災いをもたらすことなく無事に成人した。祝福するように二十光年先の星が花火のように爆ぜるのが見えた。

ついに一騎討ちだ。幸運にも次は自分の番。手元の金で敵の王の歩みを止められることに気づき、私は勝利を確信した。

オギャー！あたち1ねん2組中高大学卒、営業の田中改め佐藤です。一歳の娘の勧めで入院一文成長信女、ここに眠る。

「ついに何でも通り抜けられる身体を手に入れたぞ！」そう叫ぶと博士は地球の核に向かって一直線に落下していった。

赤と青どっちをきる？タイムリミットが迫ってる！パチッ！おろしたての赤いワンピースを着て、私は家を飛び出した。

「これを切れるハサミはないか？」とお客さんが包み紙から石を取り出したんだ。その時だね。これを思いついたのは。

「これは？」「上」

「これは？」「下」

「じゃあこれは？」

「左」「なんて視力だ！」

「いいえ、勘が鋭すぎるんです」

「あちらのお客様からです」私にカクテルを差し出すバーテンダーに「何が見えているのですか？」とは聞けなかった。

「きっと俺以外の誰かのせいだ！証拠はあるのか？」「他に誰がいるっていうのよ!?」イブの正論にアダムは閉口した。

世界は突然闇に包まれた。その直後、ろうそくの火が辺りを照らし陽気な声が響きわたった。「四十六億歳おめでとう」

金属資源をめぐる戦争の最中、偶然にも大量の鉱脈が見つかり両国は歓喜した。

「やった！これで新しい武器が作れる」

私はこれから独裁者になろうと思う。ということで、今日は市民のみんなに私が独裁者にふさわしいか意見を聞きたい。

まだ二十三時か。よく寝たと思ったのに、布団に入って一時間しか経っていない。明日は大事な入試だし、もう一眠り。

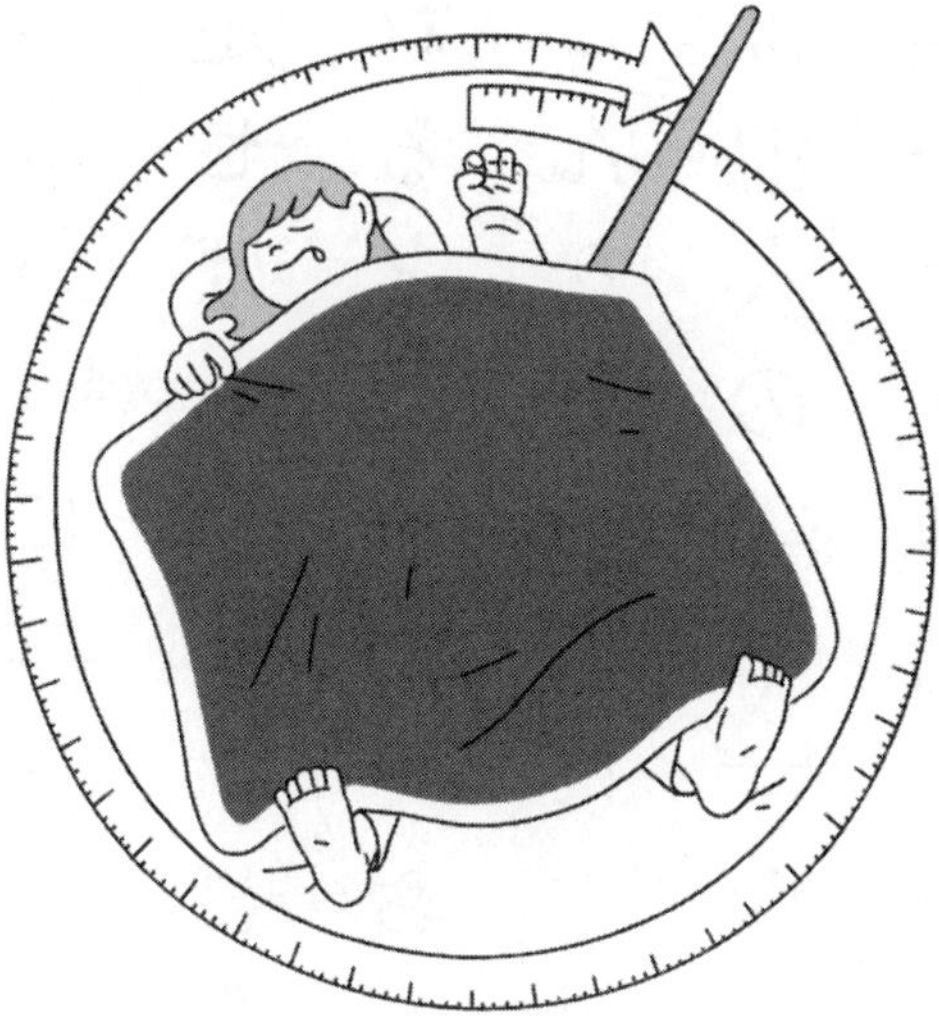

「辛い」に「一」を足せば「幸せ」になれると聞いた。お、こんなところに。私は他人の「幸」から「一」を拝借した。

平和ボケするんじゃない。今この瞬間だってこの街に爆弾が落ち

いらないものを全て吸い込む家庭用ブラックホールを夫が買ってきた。翌日、私は十数年ぶりに一人きりの朝を迎えた。

「この世界をすくったのは俺だ！」と自慢げに話す彼の持つ鉢には「世界」と名付けられた金魚が元気よく泳いでいた。

「俺はしりとりの悪魔。お前が俺とのしりとりに負ければこの世界は滅ぶのだ」

「黙れ！お前の思い通りにはさせん！」

タイムマシンの開発に苦戦していたある日設計図が届き、十年かけて完成させた。さあ十年前の私に設計図を届けよう。

潜入取材中、メモを取ろうと内ポケットに手を入れると銃を構えた警官に囲まれた。私は初めてあのフレーズを使った。

153 This is a pen.

私の名前は「桜」。春以外の季節で私のことを名前で呼んでくれる人はとても少ない。花びらがなくても私は私なのに。

「キーンコーンカーンコーン。生徒の皆さんはすみやかに席に着いてください」深夜二時の校舎にアナウンスが響いた。

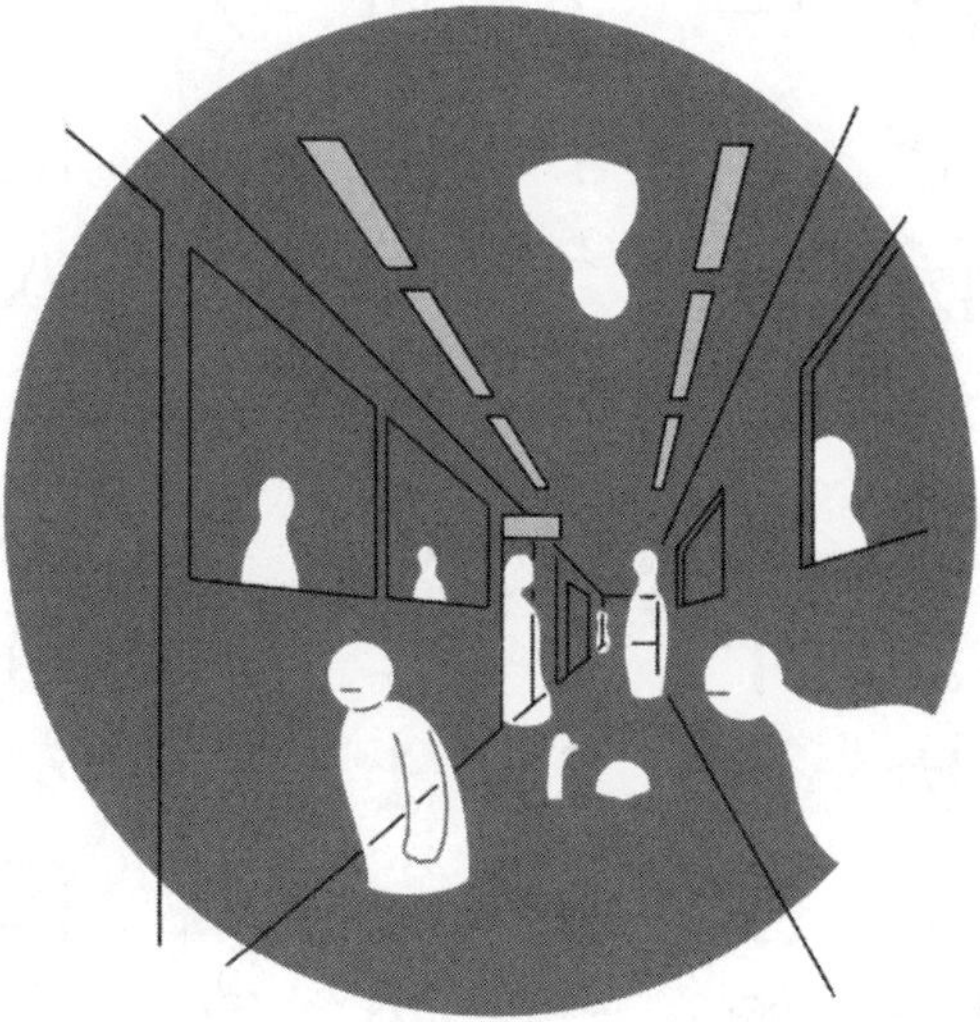

「他人に物事を伝えるコツは必ず十五字以内で簡潔にまとめるようにすることだ」「それ三十五字なので伝わりません」

明るい光を放つ家をみんなが夢中で撮影している。そんなに写真映えするのだろうか。しばらくして消防車が到着した。

「痛ってぇ〜！また人間の足の小指が、角にぶつかってきたよ〜」部屋のタンスが激痛に顔を引きつらせて叫んでいる。

さあ、全員銃を構えるんだ。わかっているな？俺が「オーケー」と言うまでは絶対に発砲するんじゃないぞ。オーケー？

ヒトの脳には微生物の巣があることが発覚したが、巣を取り除くと猿同然になってしまうため人類は共存の道を選んだ。

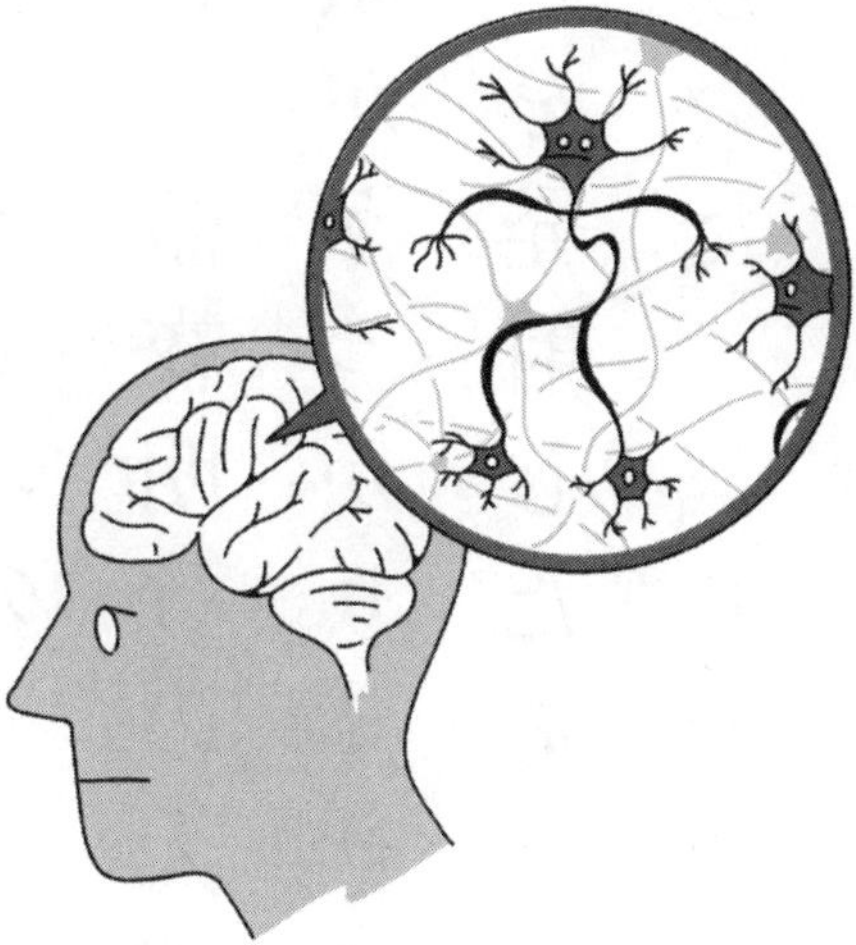

新作ゲームの発売翌朝。徹夜明けの大統領がうっかりミサイルを発射したあとに呟いた。「リセットボタンはどこだ？」

相手の考えていることが視える眼鏡を手に入れたが、誰で試してもこう映し出されるのだった。「何だこの変な眼鏡は」

ＳくんとＮさんは磁石のＳ極とＮ極のようにお互いに強く惹かれ合い結婚した。Ｎさんの名字は夫と同じＳに変わった。

N
S

遺伝子組み換えによってワクチンを注射する蚊を作ることに成功した。こいつを繁殖させれば世界中の感染症「パン！」

本の万引きで捕らえられた犯人は、その本の著者だった。理由を聞くと「盗みたくなるほど面白い本だと思われたくて」

大好きだった映画鑑賞や読書がある時から全然楽しめなくなってしまった。予知能力なんて身につけるんじゃなかった。

渋谷のスクランブル交差点で同級生を見かけた。「おーい、佐藤さーん！」私が名前を叫ぶと全員が一斉に振り返った。

汚れを自動で浄化してくれる床が発明され、家の掃除はずっと楽になった。その頃からなぜか行方不明者が増え始めた。

音信不通だった巨大宇宙船が地球上空に帰還し人々は沸き立った。管制室にはメッセージが届いた。「こちら制御不能」

いいか、絶対に鬼退治に行こうなんて考えてはいかん。ヤツは人間が勝てるような相手ではない。わかったか、桃次郎。

「やあ、私は未来から来た。今は戦前か？」「いや、戦後から七十年は経っているが」「ということは二十二世紀だな」

玉手箱の煙に生物の成長速度を早める成分が含まれていることを解明した浦島太郎。彼は後に花咲か爺さんと呼ばれる。

私はテレビで見ない日がないほどの有名人だった。今は当時の面影もなく、私に気付く者はいない。時効まであと一年。

「短冊に書いた願いを次の日には必ず叶える」そんな噂がある笹の葉は、翌日になる前に短冊の重量で折れてしまった。

患者の胸に聴診器を当てると、心音に交じって小さな声が聞こえた。「今すぐ逃げろ。この男の話を信じてはいけない」

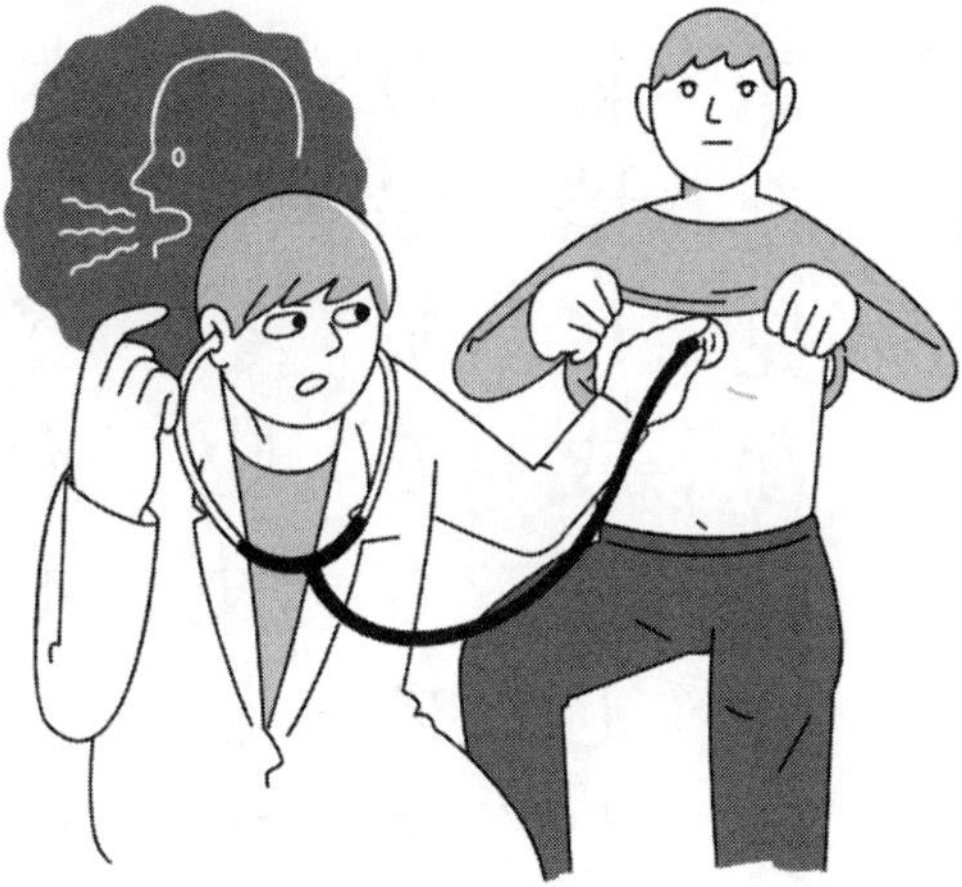

日本のバイオテクノロジーを駆使して、この場所でもススキの栽培に成功した。地球を見ながら食べる団子も悪くない。

クリスマスイブに靴下を枕元に置いて寝た。翌朝、枕元には手紙だけが残されていた。「ありがとう。足が暖まったよ」

「おい！なんだこの固いステーキは。交換してくれ！」「失礼いたしました。すぐに最高級のナイフと交換いたします」

「もういいかい」「もういいよ」子どもたちの元気な声がダムの底から聞こえる。昔この場所には公園があったらしい。

近頃毎晩のように人を殺す夢を見る。耐えかねて精神科医に相談した。「それは夢ではありません。あなたの記憶です」

タクシーに乗って「駅までお願いします」と告げると、車体がふわりと浮かび上がった。「空車」とはそういう意味か。

空車

男は言った。「これから話す物語は決して文字には起こすな。さもなくば、君は（編集者注：ここで

原稿は途切れてい

〈解説編〉

文頭の数字はページ数を示しています。

14 **消えた贈り物**――ある日、生物を研究している博士のところに贈り物が届きました。箱を開けた博士は「これは立派なエビだ」と喜んですぐにそれを食べました。しかし、博士がエビだと思っていたその生き物は、研究に欠かせない貴重な「新種生命体のサンプル」だったのです。博士が心待ちにしていたものは、料理となって自分の胃の中へ消えてしまったのでした。注意深く見ていれば、普通のエビではないことに気づけたかもしれないのに……。

16 **辞書の使い道**――この物語のパパは、海外に行く子どもが言葉で困らないように外国語の辞書を渡しました。しかし子どもは、辞書の紙をトイレットペーパーの代わりに使っていたようです。パパの優しさが、思わぬ形で役に立ったのでした。

18　**霊の同居人**——「一人暮らし」をしている家に帰宅。家で待っている人は誰もいないので「お帰りなさい」という声は聞こえないはずです。ではいったい誰の声でしょうか？　「家賃も安い」ということから考えると、この声の主は、きっとこの家に棲みついている幽霊でしょう。

20　**平和なスナイパー**——引き金を引いた人物は暗殺者ではなく、危険な「歩き煙草」の火を水鉄砲で消して回る、優しい人でした。歩いている人の煙草の火だけをピンポイントで狙い撃ちできるなんて、よほど凄腕のスナイパーなのでしょう。この人が今後も平和のためだけにそのワザを使ってくれることを願うばかりです。

22　**クスリのリスク**——この薬には「反対のことしか言えなくなる」という副作用がありました。飲んでしまった男は、その危険性を必死に訴えていますが、それも反対の言葉になってしまっています。男が言いたかったのは「この薬は危険だ！　反対のことしか言えなくなる副作用がある！　俺はもう飲んでしまったが、君は飲まないほうがいいぞ！」。

24
ここだけの話——「ここだけの話」と言いながら、知り合いも、知り合いの妹も、知り合いの妹の友だちも、その友だちも話してしまっているので「ここだけの話」ではなくなってしまいました。みんなはたった一人だけにしか話していないつもりかもしれませんが、もうこの話は、たくさんの人が知っていると考えて間違いないでしょう。

26
二度破られた約束——80年前、小学校のマラソン大会で「一緒にゴールしようね！」と約束したのに「私」より先にゴールしてしまった同級生。マラソンから80年後、その同級生は「私」より先に亡くなりました。「人生」という名のマラソンも、同級生が先に完走してしまったのです。

28
寿司の回転率——飲食店の「回転率」とは、1日に、客席1席あたり何人のお客さんが利用したか、その割合を示します。ところがこの回転寿司屋さんの店長は、意味を取り違えて、寿司の回る速度を上げてしまったようです。

30
新種の命名権——レストランで出されたスープに虫が入っているのを見つけ、ウエイターに文句を言った男。数日後、レストランの店長が男の下に持ってきたのは、お詫びの菓子折りではなく「新種の昆虫だった」という報告でした。思いがけないことに、クレームを入れた男が、偉大な第一発見者として歴史に名を残すこととなったのです。

32
三秒のループ――この物語に登場する科学者は、3秒だけ時間を戻せる薬を発明し、自分で飲みました。喜びを叫んでいる間に薬が効き始め、3秒の時を逆行します。しかし、3秒前の自分はもう薬を口に入れた後。再び薬が効き始め、3秒前に戻り……これが無限に繰り返されていきます。世紀の大発明をした科学者は、進まない時間の中で、今も薬ができた喜びを叫び続けていることでしょう。

34
君に触れたい――甘酸っぱいラブストーリーのワンシーンかと思いきや、ただ友だち同士で「鬼ごっこ」をしているだけだった、というお話です。

36
止まっていた時間――その昔、とても不思議なことが起きました。少年が大事にしていた腕時計が止まると同時に、彼自身の成長の時間も止まり、いっさい歳をとらなくなってしまったのです。それから数十年もの月日が経ったある日。何も知らない時計職人が、ちょっとした親切心で少年の時計を直すと、針が動くと同時に少年は「本来の時間」を取り戻し、たちまち老人になったのでした。

38

ダジャレにクレーム——なんとなく呟いたダジャレに、本気でクレームを入れられてしまったようです。あなたは冗談のつもりで言ったことなのに、相手が真面目に抗議してきて、どうしていいかわからなくなったこと、ありませんか？　冗談を言ってはいけない場面はたしかにあります。しかし、冗談がまったく許されない世の中というのは、ちょっと息が詰まってしまいそうですね。「ダジャレを言ったのはだれじゃ？」「犯人探しをするなんて、ヒドイと思います！」なんて。

40

金星時間——金星の調査隊は夜中、金星人に捕らえられてしまいました。「夜明けには解放してやる」と聞き、あと数時間ほどのガマンだと安心します。しかし彼らは、重大な事実を見落としていました。金星では１日の長さが約２８００時間もあるということを……。つまり、彼らはおよそ１０００時間以上、飲まず食わずで耐えなければならないのです。果たして、全員無事に地球に帰ることはできるのでしょうか。

42 **異論は認めない**――他人の意見を聞けない人を批判する男。しかし、「異論は認めない」と強い口調で言っている彼自身が、「他人の意見に耳を傾けられないヤツ」になってしまっています。つまり、自分自身がダメなヤツだと言っているのと同じこと。そんな人の意見は聞きたくありませんよね。

44 **校長のチャイム**――ほとんどの学校のチャイムは、鐘をつく音の録音を流しています。しかしこの学校では、なぜか校長先生が自分の声で「キーンコーンカーンコーン」と歌っていました。だから、校長先生が風邪をひくと、チャイムの音も変わって聞こえたのです。

46 **不透明な人口**――10年前に、1錠飲むだけで永久に透明人間でいられる薬が発売されました。日本で100万錠以上売れているということは、100万人以上の透明人間が日本にいる、ということです。今日はなんだか空いているな……と感じる電車も、透明人間で満員になっているのかもしれませんし、スクランブル交差点でも、見えている以上にたくさんの人間とすれ違っているのかもしれません。透明なので、確かめようがありませんが……。

48 **いきなり産業革命**――文明の発達していない、とある惑星では、主な交通手段として馬車が使われていました。そこに突然異星人が訪れ、ハイレベルな機械技術が持ち込まれます。惑星の住人たちは大変喜び、馬車の馬を機械化しました……。馬のロボットを作れるほどの技術があれば、自動運転車や超高速自動車、空を飛ぶ車だって作れたかもしれません。しかし、馬車に慣れていた住人たちは、車自体を自動化しようという発想に至らなかったのでした。

50 **人生のゴール**――誰よりも速く走りたいと願う陸上選手は「誰よりも速くゴールに辿り着ける」シューズを手に入れました。さっそくそれを履いた選手は、崖に向かって一目散に走り出し、そのまま飛び降りて命を落としてしまいました。このシューズで辿り着ける「ゴール」とは「人生におけるゴール」、すなわち「死」のことだったのです。

52
チョコを渡すお仕事――バレンタインデー当日に、一人の男が片思いをしている女性からチョコレートを手渡してもらっています。しかしその女性は「またのご来店をお待ちしております」と他人行儀。男が恋をしていたのは、お菓子屋の店員だったのです。店員の女性は、男の恋心に気づくことなく、淡々と仕事をこなしていただけでした。「バレンタインデーに片思いの女性からチョコレートを手渡してもらった」ことに間違いはありませんが……物は言いようですね。

54
渡せない人と貰えない人――このお話、あなたは男の子と女の子、どちらの視点で読んだでしょうか？　女の子視点の場合、「カバンの重さが変わらなかった」ということは、好きな男の子に渡すチョコレートを渡せずに持って帰ってきてしまった……という切ないお話になります。男の子視点の場合、女の子からのチョコレートを期待していたけど、結局誰からも何も貰えなかった、だから「カバンの重さが変わらなかった」という、さらに切ないお話になります。

56
偶然のような必然――5年2組のクラスメイトたちは、干支がみんな同じ「戌年」だと気づき、「すごい偶然だ」と盛り上がっています。しかし、干支は生まれた年によって決まるもの。同じ学年なのだから、同じ干支の生徒がたくさん集まっていることは何も「偶然」ではありません。では、同じクラスに同じ誕生日の人がいたとしたらどうでしょうか？　これは「偶然」ですよね。でも、産婦人科の新生児室には、同じ誕生日の赤ちゃんがたくさんいるはずです。「偶然」がもたらす共通点は、ところ変われば、「あたりまえ」の共通点になってしまうのです。

58

海底の栓——男が小さなゴム片を釣り上げた結果、なぜ世界中の海面が下がってしまったのでしょうか？　実は、この物語に登場する海の底には、まるでお風呂のように水を溜めておくための栓があったのです。彼が釣り上げたのは、他でもないその大事なゴム栓でした。その日を境に、海水は少しずつ海底の排水口から流れ出ていったのです。

60

譲り合い——この女の子二人——仮に、Aさん、Bさんとしましょう。Aさんの願い事は「Bさんの願いが叶うこと」なので、めでたく、Bさんの願いが叶うことになります。しかし、Bさんの願い事も、「Aさんの願いが叶うこと」。Aさんの願い事が叶うには、Bさんの願いが叶う必要があって……？　神様は叶えたくても叶えることができません。友だち思いの二人を、神様はきっと微笑ましく見守っていることでしょう。

62　**怪物の正体**――「森を破壊する怪物」の正体を突き止めようとして、政府の人間が樹木を切り倒して調査を進めた結果、森には1本も木がなくなってしまいました。そう、「全てを破壊する怪物」の正体は、政府の人間のことだったのです。ところで、最初に「森を破壊する怪物がいる」と声をあげたのはいったい誰だったのでしょうか？　政府に調査してもらうことだけは、やめておいたほうがよさそうです。

64　**鳥取と島根**――お気づきでしょうか？　正しくは「鳥取県」と「島根県」。「鳥」と「島」があべこべになっています。場所が隣同士で、県の形も似ているため、どっちがどっちかわからなくなることはあるかもしれません。この人は「覚えておこう」と言いながらも、さっそく漢字を間違えてしまっているのです。鳥取県、島根県の皆さま、漢字を間違えてしまい大変申し駅ございませんでした。

66

忘れてはいけない薬――物忘れの症状に悩んでいる患者が薬局でもらったのは、1日でも飲み忘れると効果のない薬でした。この患者は、薬を毎日忘れずに飲み続けることができるのでしょうか？　そもそも、最初の1錠さえ飲めるかどうか……残念ながら、この患者の症状が治ることはなさそうです。さらに……えーっと……何を書こうとしたんだっけ？　そういえば、この間いい薬をもらったような……。

68

誤解でございます――エレベーターの中で友だちに「お前、オナラした？」と疑われてしまった男。「誤解だ！　僕はやっていない！」と彼が伝えようとしたその時、ちょうどエレベーターが5階に到着しました。「5階でございます」このアナウンスが、彼にとっては自分の気持ちを代弁してくれる「誤解でございます」という言葉に聞こえたのです。

70

余命宣告――難病を抱えていた患者は、世界で一番の名医に最後の希望を託しました。数日後、医者に呼び出された患者は、余命が残りわずかだと告げられます。といっても、患者の余命ではなく、医者自身の余命のことでした。余命わずかの医者はもちろん、1カ月後に予定していた手術が受けられないことがわかった患者もまた、絶望してしまいました。患者だけでなく医者も病気になりますし、当然ながら寿命だってあるのです。

72
カナヅチ船長――ある船の船長が、訓練用のプールで、部下の船乗りたちに厳しく泳ぎを指導しています。なぜこんなにも厳しく指導しているのでしょうか？　それは、自分が溺れた時に助けてもらうためでした。実はこの船長、泳ぎが大の苦手だったのです。

74
詐欺対策詐欺――詐欺に騙されないテクニックを身につけるために、高額な受講料を支払った男。しかし、いつまで経っても案内状が届きません。なぜなら、このセミナー自体が詐欺だったからです。どれだけ待っても案内状が届くことはありませんし、支払ったお金ももちろん返ってこないでしょう。詐欺に騙されないぞ！　と意気込むあまり、視野が狭くなり、見事に騙されてしまったのです。

76
詐欺死――家族や親戚を装ってお金を騙し取る「振り込め詐欺」を仕掛けようと

した男。男が「今どこにいる？」と電話の相手に問いかけると、電話越しではなく自分の真後ろから「あなたの後ろ」という声が聞こえてきたのです……。このあと、振り向いた男はどうなってしまったのでしょうか。恐ろしくて想像したくもありません。

78

盗まれた皿――大泥棒が何を盗んでいったか、あなたはわかりましたか？　彼女と刑事のセリフの「次らなかった」「次んでいきました」がヒントになっています。そう、大泥棒が盗んでいったのは「皿」。二人は本当は「盗らなかった」「盗んでいきました」と言うつもりでしたが、「皿」が盗まれたために、「盗」の字が「次」になってしまったのです。きっと今ごろ皿を盗んだ泥棒は「大成功！」いや、「大〝盛〟功！」と喜んでいることでしょう。

80

監視の連鎖――技術が発達し、ロボットが人間と同じように働き始めた時代。まだまだ仕事をロボットだけに任せるのは心配なので、ロボットがちゃんと仕事をしているかチェックする新たな仕事が生まれました。ところが、この仕事についた人物は、ある時から誰かの視線を感じるようになります。実は、ロボットを監視するこの人も、何者かに監視されていたのです。きっと、この人だけに監視の仕事を任せるのは心配だったのでしょう。監視の連鎖はどこまで続いているのでしょうか。

82 **ありついた男**――刑事の取り調べといえばカツ丼。この物語では、どうしてもカツ丼が食べたくなった貧乏な男が、スーパーマーケットから卵と豚肉を盗み、逮捕されてしまいます。男は盗みに失敗し、カツ丼を作ることはできませんでしたが、取調室で完成したカツ丼にありついたのでした。

84 **トリ違い**――不審な訪問者の注意を呼びかける貼り紙。ツルに見た目がよく似た鳥「サギ」が『鶴の恩返し』のストーリーに便乗して「詐欺」をはたらいていたというのです。『鶴の恩返し』では、ツルが「決して覗かないでください」と部屋に閉じこもり、美しい布を織ってプレゼントしました。しかし、このサギは、「決して覗かないでください」と障子を閉めて、部屋の中の金品を根こそぎ持ち去ったのでしょう。

86

叶えられた願い――大量の札束に囲まれて暮らすことを願った男は、鍵のかかった巨大な金庫の中に瞬間移動させられてしまいます。閉じ込められた男は、どうすることもできず、やがて死んでしまいました。悪魔は、男の「札束に囲まれたい」という願いを間違いなく叶えています。しかし、札束は使わなければただの紙。物の価値は、場所や状況によって変わるもの。閉じ込められた男にとっては、大量の札束よりも金庫を開ける鍵のほうが断然価値があったことでしょう。

88

副業ヒーロー――「昼と夜で違う顔を持つスーパーヒーロー」というと、とても格好良いですが、実はヒーローだけでは十分に稼げず、昼間のデスクワークでなんとか生活費を稼いでいた……というお話。

90

恋は教えてもらえない――「愛」や「恋」、そのままの意味ではなく、学校で習う漢字にまつわるお話です。「愛」という漢字を習うのは、小学4年生。それに対して「恋」は小学校では習わない漢字なんです。ほかにも「空」は1年生で習いますが、「海」は2年生、「世界」は3年生。学年が上がるたびに、表現できる世界が広がっていくと思うと、進級がますます待ち遠しくなりますね。

92　**生命の証**――ある惑星で、調査員が生き物が存在する証拠を探していました。何の成果も得られず、あきらめかけていたその時、彼はうんこを踏みました。彼が大喜びしたのは言うまでもありません。なぜならうんこは、彼がずっと探し求めていた「生き物が存在する確かな証拠」だからです。彼も、うんこを踏んでこんなに嬉しい気持ちになることがあろうとは思いもしなかったでしょう。

94　**斬新と前例**――会社での上司と部下のお話。上司に「今までにないアイデア」を求められた部下は、一生懸命、斬新なアイデアを考えて提案しました。しかし、上司は世の中に前例がないという理由から却下してしまいました。「今まで世の中になかったアイデア」と「世の中に前例のあるアイデア」。果たして、この両方の条件を満たすアイデアを、上司自身は出すことができるのでしょうか？　質問してみたいものです。

96　**お医者様は張本人**――飛行機の乗務員が、倒れてしまった乗客を応急処置するために医者を探しています。漫画やドラマで一度は聞いたことがあるだろう、あのセリフ「この中にお医者様はいらっしゃいませんか？」を繰り返す乗務員。機内がざわめく中、幸運にも機内に一人だけ反応した人物が！　しかし、不運にもその医者こそが、倒れている乗客張本人だったのです。この乗客も、医者としてならともかく、患者側としてこのセリフを聞くことになるだなんて思ってもみなかったことでしょう。

98
絶望への通り道――生まれてからずっと絶望しかない国で生きていた男。仲間たちは倒れ、兄弟も衰弱していきます。男は希望を求め、国境の壁を少しずつ削り始めました。数年の月日が経ち、やっとの思いで壊した時――壁の向こう側から「これでこの国から逃げられるぞ！」と喜びの声が。隣の国の人々も、その国での生活に絶望し、男がいた国のほうに逃げようとしていたのでした……。残酷ですが、絶望の出口だと信じて進んだ先が、必ずしも希望の入口とは限らないようです。

100
貼り紙の矛盾――「貼り紙禁止」と書かれた貼り紙。貼り紙を禁止することを知らせるために、貼り紙がその場所に貼ってあるという大きな矛盾が起きています。こういった矛盾は、実はあなたのまわりにもたくさんあふれているはず。たとえば、図書館で「静かにしろ！」と大声で叫ぶ人。平和を守るために戦争を始める国家もそうですね。最後に一言。この文章は絶対に読んではいけません。また矛盾が起きてしまいました。

102 **最後の一葉**——病室の窓から見える木に残された、最後の1枚の葉っぱを自分の命に重ね合わせるというのは、小説やドラマでよく見る光景です。しかし彼女の場合、窓の外には森が広がっていて、大量の葉っぱがありました。いつになったら全部の葉っぱが落ちるのか、そもそも全部落ちることがあるのかすらわかりません。彼女は生きる気満々だったのです。

104 **永遠の赤子**——誰もが一度は憧れる不老不死。この物語に出てくる不老不死の薬は、2歳までの赤ちゃんにしか効かないようです。親の勝手な判断で、物心のつかない2歳児のまま永遠に生かされ続けるのはきっと幸せではないでしょう。それでは、10歳だったらどうでしょうか？　20歳だったら？　考えれば考えるほど難しい問題です。この答えが見つかるまでは、不老不死になろうなんて考えないほうがいいのかもしれません。

106 **充電男**――「充電が切れそうなんです！」と叫びながら慌ててカフェに駆け込んできた男。彼が充電し始めたのはスマホでもパソコンでもゲーム機でもなく、自分の体でした。彼は電気で動く機械人間だったのです。体の充電がなくなりかけていた男は、自分のお腹から伸びるコードをコンセントに挿し、何とかバッテリー切れを免れたのでした。便利なようで不便な機械人間を憐れむ私たちもまた、便利な機械の充電切れに振り回されているのではないでしょうか。

108 **無キ質な世界**――今から1000万年ほど先の未来で、先生と生徒が会話をしています。この生徒は、「木曜日」の「木」が何を示すのか、知らないようです。「木」を知らないなんてありえないと思うかもしれません。でも、この時代の地球に植物がいっさい存在していなかったとしたら……？　生徒が「木」を知らないのも無理はありません。

110 **惑星遊び**――神様の子どもが、太陽系の惑星たちを使ってボール遊びをしていました。数あるボールのうち、青いボールを子どもが触ろうとすると、母親が「汚れているから捨てなさい」と叱ります。青いボールとは、環境汚染によって汚れてしまった惑星、地球のこと。子どもの手が汚れることを心配した母親は、地球を捨てて土星などの他の惑星で遊ぶように勧めるのでした。

112
俺と僕——途中から一人称が「俺」から「僕」に変わっています。この物語の主人公は二重人格で「俺」は「僕」の別人格のことでした。「俺」の人格になっている時、「僕」の意識はありません。「僕」は意識を取り戻した瞬間、手にべっとりと血がついているのを見て、別人格の「俺」が人を殺してしまったことを察したのです。そして、身勝手な「俺」の犯罪の証拠を隠滅するのはいつも「僕」の役割。彼らはある意味最高のパートナーかもしれません。

114
二十年前からの災い——星の光が地球に届くまでには時間がかかります。たとえば、私たちが見ている太陽の光は、8分前のものです。「1光年」は、光が届くまでに1年かかる距離のこと。この物語に出てくる20光年先の星が爆発したのは、実際は20年前ということになります。「呪いの子」は20年間、何の災いも起こさずに生きてきたように見えましたが、生まれた瞬間に1つの星が爆発していたのです。まもなく、強烈な光とともに有害な放射線や衝撃波が地球を襲います。「呪いの子」が生まれた瞬間から人類が滅亡することは決まっていたのです。

116

原稿将棋――よく見ると「王」が上下逆さになっています。この物語では、原稿用紙のマス目を将棋の盤面に見立て、「王」「歩」「金」という将棋の駒を使って将棋を指していました。では勝負の行方は……？　将棋で相手側の「王」と「歩」の一騎打ちで、手元に「金」を持っている状況です。「歩」の前のマスに「金」を置くと、相手の「王」は逃げることができなくなり、見事こちらが勝利！

118

一生を一文で――54文字で、一人の女性が生まれてからお墓に入るまでを表現してみました。自己紹介をしていますが、だんだん歳を重ねていきます。「オギャー！（誕生）あたち（幼児期）1ねん（小学校低学年）2組（高学年）中高大学（中・高・大学）卒、営業の田中（就職）改め佐藤です。（結婚）一歳の娘（出産）の勧めで入院（入院）一文成長信女（逝去）、ここに眠る（お墓の中へ）。」

ちなみに、最後の「●●院××××信女」というのは「院号」や「戒名」と呼ばれるもので、仏教のお葬式で、死後、女性につけられる名前を表しています。

120 **意外な落とし穴**——博士は「何でも通り抜けられる身体」になることに成功しました。きっと建物の壁などを通り抜けようと思っていたのでしょう。しかし、何でも通り抜けられる身体は、地面すらも通り抜けてしまう身体でした。博士の身体は地球の重力に引っ張られるがままに、地球を覆う地殻を通り抜けていきます。おそらく無事では済まないでしょう。

122 **どっちを着る？**——時限爆弾を止めるために、赤か青、どちらかのコードを切らなければいけないという状況は、映画やドラマの定番シーンです。しかし、この物語の「どっちをきる？」は「どっちを着る？」という意味でした。女の子は新品の赤いワンピースについているタグをパチッと切って、出かけていきました。

124 **じゃんけんの起源**——刃物屋を営む店主は、お客さんの持ち込んだ「紙に包まれた石」、そして「石を切れるハサミなんてない」という事実から、今や世界中の人が楽しんでいるあのゲームを思いつきました。そう、「じゃんけん」です。果たして本当にじゃんけんがこんなふうに生まれたのかどうかは、ご想像にお任せします。

126
視力ではない力——視力検査で、医師の指す記号の向きを見事に全て言い当てた男。しかし、実は全て直感で答えていたというお話。視力はまともに測れそうにありませんが、超能力の才能は測ることができたようです。

128
見えないお客様——ある女性がバーで飲んでいると、バーテンダーに「あちらのお客様からです」と、カクテルをプレゼントされました。しかし、バーテンダーが指す先には、誰もいませんでした。この女性には見えない何者かが、バーテンダーの目には見えているようです。カクテルをくれたのはいったい何者なのでしようか。彼女にはそれを聞く勇気もありませんでした。

130
地球に二人だけ——人類最初の人間と言われるアダムとイブ。この二人が喧嘩をしていました。アダムは他の人間に責任をなすりつけようとしますが、その嘘はイブにはまったく通用しません。なぜなら地球上に人間は二人しかいないので、イブがやったことでなければ、アダムがやったとしか考えられないのです。

132 **神様のサプライズ**——ある日突然、世界中が真っ暗になり、人々はパニックになりました。しかしそのあとすぐに、ぼやっとした光とともに神様が現れます。実はこの日は、地球が生まれてからちょうど46億年の誕生日。神様はちょっとしたいたずら心から、突然灯りを消してバースデーケーキを持って登場するというサプライズを仕掛けたのでした。

134 **理由なき戦争**——高価でめずらしい金属が採掘できる土地をめぐって、2つの国が戦争をしていました。争いの最中、ラッキーなことに、両国で分け合ってもありあまるほどの金属資源が見つかります。もはや両国に争う理由はなくなりました。しかし、戦争のことしか頭にない両国は見つかった金属を使ってもっと強い武器を作り、さらに戦争を激しくさせるのでした。

136 **民主的な独裁者**——独裁者とは、国民の意見を無視して自分の判断だけで政治を行う支配者のこと。そんな独裁者にこれからなろうとしている人が、まず最初に市民の意見を聞くだなんて、矛盾していますよね。どうかこのまま、市民の声にきちんと耳を傾ける、良い政治家になってくれることを願います。

138 **二十五時間睡眠**——大事な入試を控える主人公が目覚めたのは23時。22時に寝たからまだ1時間……と思いきや、実際には1日＋1時間（25時間）も眠ってしまっていたのです！　「よく眠れた」と感じるのも無理はありませんね。

140 **辛＋一＝幸**——「辛」という漢字に「一」を足すと「幸」になる。よく聞くたとえ話ではありますが、その「一」はどこから持ってくるのでしょうか？　それは、誰かの「幸」から奪い取った「一」なのかもしれません。

142 **今この瞬間**——本文が中途半端なところで途切れています。平和ボケしてはいけない、なんて話をしている最中に実際に爆弾が落ちてきてしまい、世界は真っ白な光に包まれてしまったのです。

144
いらないもの――ある夫婦のお話。夫が、いらないものを勝手に吸い込んでくれる最新家電「家庭用ブラックホール」を買ってきました。次の日、妻は一人きりで朝を迎えます。このブラックホールが一番最初に吸い込んだのは夫だったのです。「いらないもの」の定義は人それぞれですが、この妻は、夫を「いらないもの」と思っていたようです。夫婦の間には、ブラックホールよりも深い闇があったんですね。恐ろしい！

146
世界をすくった男――お祭りで「世界をすくった！」と豪語する男。彼は世界を危機から救った勇者、ではなく、「世界」と名付けた金魚をすくっただけの男でした。友人たちは「またくだらないこと言ってるよ……」と白い目を向けるばかり。なんとも「救われない」男のお話です。

148
しりとりの悪魔――正義のヒーローが、突然現れた「しりとりの悪魔」と戦っていました。彼はまったく意識せずに、「滅ぶのだ」という悪魔の言葉に「黙れ」と言い返し、しりとりをスタートさせてしまいます。そしてその直後、「思い通りにはさせん」と会話を「ん」で終わらせたために、そのまま地球は滅亡してしまいました。

150 **私からの設計図**——ある研究者がタイムマシンの開発に苦戦している最中、何者かから設計図が届きます。この設計図をもとに、彼はタイムマシンを10年かけて完成させました。彼が最初に選んだ行き先は、10年前の自分の研究室。開発に苦戦している自分を助けるために、設計図を届けました。つまり、彼にタイムマシンの設計図を届けてくれたのは自分自身だったのです。さて、ここでひとつの疑問が。一番最初に設計図を書いたのはいったい誰だったのでしょうか？

152 **This is a pen.**——治安の悪い地域の取材中に胸ポケットからペンを取り出そうとしたら、銃の所持を疑われてしまいました。英語の教科書でよく登場する「This is a pen.（これはペンです。）」という例文。「いったいいつ使うんだ！」と、思いながら復唱した人も多いのでは？　もしこのセリフを使う場面があるとしたら、今回の物語のような状況かもしれません。

154

名前で呼んでほしい――桜の木が、ちょっと悲しそうに呟いています。桜は、春には花が咲いているので、当然「桜」と呼ばれます。しかし皆さんは、それ以外の季節、花が咲いていない桜を見た時も、「桜」と呼んでいますか？　ただの「木」だと思っていませんか？　夏も秋も冬も、桜は春に満開の花を咲かせるために、頑張って生きているということを忘れてはいけません。

156

深夜二時のチャイム――真夜中の学校がどうなっているのか、知っている人は少ないはず。もしかするとこのお話のように、校内放送が響き渡り、幽霊の先生と生徒たちによる授業が行われているのかもしれません。

158

十五字の反論――物事をわかりやすく伝えるコツとして「十五字以内でまとめろ」と生徒に伝える先生。しかし、その説明に35文字使っているので、いきなり「十五字以内」のルールを破っていることになります。それに対して「それ三十五字なので伝わりません」はぴったり15字。生徒は先生の教えをきっちり守って反論してのけたのでした。

160
写真映えする炎――オレンジや黄色の明るい光を放っている一軒の家を、通りすがりの人たちがこぞってスマホで撮影していました。家を彩るイルミネーションでしょうか？　いいえ、その家は火事で燃えていました。大規模な火事をめずらしがって、多くの野次馬たちが集まっていたのです。

162
タンス視点――タンスの角に足の小指をぶつけてしまい痛い思いをするのは、私たちにとってよくあること。ということは、タンス側の視点に立ってみると、「人間の足の小指がぶつかってくるのは、よくあること」だと思っているかもしれません。

164
早すぎた合図――この司令官が発した最後の「オーケー？」というセリフは、ルールを理解したか聞くための「オーケー？」でした。しかし仲間たちはルール通り「オーケー」という言葉に反応して、敵に向かって一斉に発砲してしまいます。自分で決めたルールなのに、そのルールに振り回されてしまうというお話でした。

166

人間の本体――ある研究によって、全ての人類の脳内に謎の微生物が棲みついていることが解明されました。しかし、その微生物を取り除くと人間は何も考えることができなくなってしまいます。つまり、人間は脳内の微生物によって支配されていて、実際の人間本体に知性は備わっていなかった、というお話です。

168

ゲーム脳――ゲームが好きすぎる大統領は、ゲームのやり過ぎでゲームと現実の区別がつかなくなってしまいました。ゲームだったら、失敗してもすぐに以前セーブした場面に戻れますが、現実ではそうはいきません。人生はセーブもリセットもすることができない、ハードなゲームなのです。

170

奇抜すぎた発明品――相手が心の中で考えていることが視えてしまうという眼鏡。とても便利な道具に思えますが、そこには重大な欠点がありました。その眼鏡はあまりにも奇妙な形をしていたため、向かい合った相手は例外なく「変な眼鏡をかけているなあ」と心の中で思ってしまうのです。眼鏡のレンズには眼鏡の形に対する感想ばかりが映し出され、まったく使い物にならないのでした。

172

磁石のような恋――磁石はS極とN極が引かれ合い、同じ極は反発し合うという性質があります。そんな磁石のS極とN極のように惹かれ合ったSくんとNさん。やがて二人は結婚し、妻のNさんが夫のSくんと同じ名字を名乗ることになりました。SくんとSさんになった二人は、惹かれ合っていた恋人時代とうって変わって、まるでS極同士の磁石のように反発し合うようになってしまいます。引き合う力が強ければ強いほど、反発する力も強いのです。

174

潰された希望――世界中で蔓延している感染症。これをなくすために研究者が目をつけたのが、蚊。血の滲むような努力の末、ワクチンを体内で生成し、人間にどんどん注射してくれるという夢のような蚊が誕生しました！　ところが、研究者の仲間はその蚊を見た瞬間、つい「パン！」という音とともに潰してしまったのです。遺伝子組み換えをするより前に「蚊＝悪者」というイメージを変えなければいけなかったのかもしれません。

176

自作自盗――「本屋から盗まれるほど面白い」という評判が広まれば、自分の本も売れるかもしれない。そんな邪《よこしま》な考えから、本の著者は盗みをはたらいて捕まってしまいました。どう転んでもうまくいくとは思えません。

178
オチの予知――未来を知ることができる「予知能力」を持ってしまったがために、物語の展開やオチが全て予知できるようになってしまった男のお話。ミステリー小説の犯人や、恋愛小説の結末がわかってしまったら、作品を楽しむことはできないですよね。予知能力がこんなにやっかいな能力だ、と予知できればよかったのですが、能力を授かる前は予知能力がないので予知できませんでした。

180
全員佐藤――人がたくさんいる場所で気軽に友だちの名前を呼んでみたら、呼んだつもりのない人たちまで振り向いてしまったようです。そう、そこにいる人たちは、全員「佐藤」だったのです。実際、同じ時間、同じ場所に偶然全員同じ名字の人が集まるなんてことはまずありえない話ですが、「佐藤さん」のように人口の多い名字の場合、これに近いことは起こりそうです。

182
自動浄化――家の汚れを自動できれいにしてくれる便利な床。多くの人が「便利だ！」と思ってリフォームしたに違いありません。ところが……床は人間を「汚れ」と判断し、住人たちは次々と床に呑み込まれ、跡形もなく消えてしまいました。

184
制御不能――ずいぶん前に地球を旅立ち、ずっと行方不明になっていた宇宙船が地球に帰ってきました。喜び歓声をあげる人々。しかし管制室に届いたのは「制御不能」のメッセージでした。宇宙船はコントロールが利かなくなり、地球に向かって墜落していたのです。巨大な宇宙船が高速で地球にぶつかると、どれほどの被害がもたらされるのでしょうか。宇宙船の帰還を喜ぶ人々の歓声が悲鳴に変わるのも時間の問題です。

186
次男への忠告――あの有名な桃太郎が「鬼に負けていたら」というお話です。再び川で桃を拾ったおばあさんは、生まれた子を「桃次郎」と名付けて育てます。成長した桃次郎は「鬼退治に行きたい」と言い出しますが、桃太郎を鬼に殺されているおばあさんは、絶対に桃次郎を鬼退治には行かせようとしません。桃太郎の弟「桃次郎」はおばあさんのきびだんごを食べて、貧しいながらも幸せに暮らすのでした。めでたしめでたし？

188
戦後は戦前——タイムマシンが不時着して、現代（21世紀）に現れた未来人。「戦後から70年経っている」という情報を聞き、今を「22世紀だ」と勘違いします。なぜ「21世紀（２００１年～２１００年）」ではなく「22世紀（２１０１年～２２００年）」と勘違いしたのでしょうか？ それは、未来人が「戦後」と聞いて思い浮かべた戦争が、第二次世界大戦ではなく、これから起きる「別の戦争」を指していたということ。未来人にとって、21世紀はまだまだ「戦前」だったのです。22世紀の70年前ってことは……？

190
成長促進灰——浦島太郎が玉手箱の煙でおじいさんになってしまった後のお話。枯れた木に見事な花を咲かせた「花咲か爺さん」の正体は、玉手箱の煙に含まれる粒子から成長速度を速める成分を発見した「浦島太郎」だったのです。

192
逃走中——「私」の正体は、指名手配中の大犯罪者。かつては毎日のようにニュースを賑わせていましたが、整形をして名前も偽名に変えることで、平穏な暮らしを手に入れたのでした。

194

重すぎる願い——笹の噂を聞きつけた人たちが次々に短冊を飾ったため、願いが叶う日より前に折れてしまいました。本当に願いが叶う笹だったのかは、誰も分からないままです。

196

内側からの声——聴診器から聞こえるはずのない患者以外の誰かの声。患者の身体の中に取り込まれてしまった何者かが、医師を助けようと聴診器を通して忠告の言葉を伝えたのでしょうか……。

198

地球見——日本の秋を代表する植物のススキ。人類は月面でそれを栽培することに成功しました。お団子を食べながら月の代わりに美しい地球を眺める「地球見」も風情がありますね。

200

本来の用途——クリスマス当日。プレゼントがもらえなかったどころか、プレゼントを入れるための靴下が消えていました。サンタクロースは、靴下を自分へのプレゼントだと勘違いしたのです。

202
頭も固い――客は、肉が固いのでステーキを交換しろと文句を言いました。しかし店員は「それならば」と、固いステーキでもよく切れるナイフと交換しようとしたというわけです。

204
沈んだ公園――かくれんぼをしている子どもたちの声が聞こえるのは、誰もいるはずのないダムの底。その昔に亡くなった霊が今でも集まって遊んでいるのでしょうか。

206
夢遊――嫌な夢だと思って見ていた光景は、すべて現実の出来事でした。つまり、人を殺しているのも……。夢の内容をコントロールするのは難しいことですが、彼は現実までコントロールできなくなっていたのです。

208
空の車――一般的にタクシーの「空車」は乗客がいないことを表しますが、どうやら特殊なタクシーに乗ってしまったようです。「空飛ぶ車」という意味だと気付いた時には、既に空中を走り出していたのでした。

54字の物語の作り方

「54字の物語」の基本ルールは左の通り。

①文字数は54字ぴったりに収める（ただし例外もあり）
②句読点やカギ括弧にも1マス使う（通常の作文では「！」「？」の後は1マス空けますが、54字の物語では空けません）

このルールを守っていれば、物語の内容は自由です。
ここでは、54字の物語の作り方の一例を紹介していきます。

(1) 物語のシチュエーションを決めよう

通勤、手術室、テスト勉強など。身近な出来事や最近観たドラマなどをヒントに、シチュエーションを決めましょう。たとえば、ここではひとまず「釣り」というシチュエーションで考えてみましょう。

(2) そのシチュエーションの「普通」を考えよう

(1)で決めたシチュエーションをもとに、普通の物語を考えてみましょう。「釣り」の場合「釣り針に餌をつける」「普通の魚が釣れた」などです。

(3) 「普通じゃない」状況を考えよう

(2)で考えたような「普通」の物語にならない展開を考えてみましょう。「釣りをしているが、餌を使っていない」「釣りをしていたら魚ではない何かが釣れた」などなど、この時点では漠然としていても大丈夫です。

（4）「なぜ？」「何？」を考えよう

（3）で考えた「普通じゃない状況」について「どうしてそうなったのか？」「何が起こったのか？」を考えてみましょう。ここが想像力の使いどころです。

「釣りをしているが、餌を使っていない」↓なぜ？
↓「釣り人が魚顔だったため、餌を使わなくても魚が勝手に寄ってくる」

「釣りをしていたら魚ではない何かが釣れた」↓何が？
↓「海水を溜めておく栓が釣れて、海水がなくなってしまった」

こんな風に、推理ゲームをするように考えてみましょう。

(5) 文字数を気にせず書いてみよう

ここまで考えたことを、文章にしてみましょう。

ある男が釣りをしている。しかし、餌を使っていない。なぜなら、その男は魚顔だったため、魚が仲間と間違えて勝手に寄ってくるからだ。

ある男が釣りをしている。大物が釣れたと思ったら、小さなゴム栓だった。それは海水を溜めておくための栓だったので、海水が地球からなくなってしまった。

(6) 54字に調整しよう

(5)で書いた文章を、54字ぴったりに調整しましょう。コツは物語の「オチ」となる部分をできるだけ最後に持ってくること。そして、オチを明言せずにそれとなく匂わせることです。

「餌もルアーも使わないんですか?」「ええ、勝手に寄ってくるんですよ」そう答えた釣り人の顔は魚そっくりだった。(54字)

数分間の格闘の末、彼が釣り上げたのは小さなゴム片だった。世界中の海面が少しずつ下がり始めたのはこの日からだ。(54字)

これで完成です! ひとつの設定から2つの物語ができましたね。他にも、普通じゃない設定を考えてみたり、日頃抱いている素朴な疑問をヒントにしてみたり。

自分なりの作り方を見つけてみてください。

この次のページに「54字の物語」専用の原稿用紙を掲載しています。また、Webサイト（https://54.ujiqn.com）からも作れます。ぜひ皆さんも挑戦して、「#54字の物語」をつけてSNSに投稿してみてください！

●作

氏田雄介（うじた　ゆうすけ）

平成元年、愛知県生まれ。企画作家。株式会社考え中代表。著書に、1話54文字の超短編集「54字の物語」シリーズ（PHP研究所）、世界最短の怪談集「10文字ホラー」シリーズ（星海社）、当たり前のことを詩的な文体で綴った『あたりまえポエム』（講談社）、迷惑行為をキャラクター化した『カサうしろに振るやつ絶滅しろ！』（小学館）など。「ツッコミかるた」や「ブレストカード」など、ゲームの企画も手がける。

●絵

武田侑大（たけだ　ゆきひろ）

1994年、愛知県日進市出身。名古屋市立大学芸術工学部を卒業後、フリーランスのイラストレーターとして活動中。サイエンスやテクノロジーといった分野を中心に、ユーモアを大切にしながら幅広いタッチで書籍や広告、WEBメディアにイラストを多数提供している。主な作品に『ゼロから理解するITテクノロジー図鑑』（プレジデント社）、「54字の物語」シリーズ（PHP研究所）などがある。

●デザイン

村山辰徳

協力／株式会社サンプラント 東郷 猛

●協力

小狐裕介、高谷航、丹羽瑞季、長谷川哲士、日野原良行、水谷健吾、村上武蔵、渡邊志門、面白法人カヤック

本書は、2018年3月にPHP研究所から刊行された『意味がわかるとゾクゾクする超短編小説　54字の物語』に、新たな作品を10編収録し、加筆・修正を行ない、改題したものです。

ＰＨＰ文芸文庫　54字の物語 1

2022年３月18日　第１版第１刷

作　氏田雄介
絵　武田侑大
発行者　永田貴之
発行所　株式会社ＰＨＰ研究所
東京本部　〒135-8137 江東区豊洲5-6-52
第三制作部　☎03-3520-9620（編集）
普及部　☎03-3520-9630（販売）
京都本部　〒601-8411 京都市南区西九条北ノ内町11
PHP INTERFACE　https://www.php.co.jp/
組版　朝日メディアインターナショナル株式会社
印刷所　図書印刷株式会社
製本所　東京美術紙工協業組合

ISBN978-4-569-90159-6